KB091771

문뜩 봄

박희홍 제4시집

시음사
시 사 랑 음 악 사 랑

QR코드 스마트폰으로 QR 코드를 스캔하면
시낭송을 감상할 수 있습니다

본문
시낭송
감상하기

 제목 : 행복한 봄날
시낭송 : 박영애

제목 : 들뜬 봄날
시낭송 : 최명자

 제목 : 깊은 가족사랑
시낭송 : 최명자

 제목 : 두루뭉술한 꿈
시낭송 : 장화순

 제목 : 외로움의 끝은
시낭송 : 박영애

 제목 : 가족사진
시낭송 : 박영애

 제목 : 운 좋은 사람
시낭송 : 최명자

제목 : 이슬 그리움
시낭송 : 박영애

 제목 : 설날 아침 단상
시낭송 : 박영애

 제목 : 추억의 정월대보름
시낭송 : 박영애

시인은 자연을 이야기하고 시낭송가는 자연을 품었다
글자는 날개를 달아 언어로 날고 소리는 자연에 눕는다

시인의 말

대문호 어니스트 헤밍웨이는 '모든 초고는 쓰레기다'라고 말했다. 이 말의 뜻은 아마도 좋은 글이란 무수한 탈고의 과정을 거치면서 잘 다듬어진 결과물이란 생각이 든다. 즉, 쓰고 고치는 것을 두려워한다면 좋은 글을 쓸 수 없다는 뜻일 것이다.

시인은 잠든 언어를 깨워내 온갖 모양의 도자기를 빚는 도공으로 지혜를 모아 물레를 돌려가며 거친 언어를 부드럽게, 부드러운 언어를 더 부드럽게 갈고닦아내 감칠맛 나게 하며, 어떤 언어라도 물레 위에 올려지면 소통하고 화합하는 법에 익숙해져 맑고 밝게 웃으며 멋진 모습으로 탈바꿈하게 한다.

글 쓰는 사람은 글로 말하는데, 익숙하지 못한 물레질로 만든 작품이 시를 사랑하는 분들께 실망감을 안겨주는 것 아닐까 걱정스럽지만, 그래도 욕심이라면 시를 좋아하는 분들의 가슴 한편에 간직하고 있는 애송시처럼 나의 시 또한 간직되길 간절히 바라는 마음에서 네 번째 시집 '문득 봄'을 시집보낸다.

출간을 위해 수고해 주신 분들과 독자님들의 건승을 기원합니다. 고맙습니다. 행복하세요.

2022년 9월 가을 들머리에서
시인 박희홍

* 목차

삶의 언저리

* 목차

행복한 봄날

괜한 심술을 부려도
입춘에 맞추어
계절의 근위병
교대식이 열린다

신기하다
날씨 변화의 시기를
어찌 그리 잘 알고
고개를 쑥쑥 내밀까
신비롭다

해도 달도 아닌데
덩두렷하게 빠르게도
떠오르니
꾸물대다 마중이 늦었다

그렇지만 오랜 기다림 끝에
마주한 반가움에
눈과 입가에 번지는
환한 미소에 행복의 꽃이 피어난다

제목 : 행복한 봄날
시낭송 : 박영애
스마트폰으로 QR 코드를 스캔하면
시낭송을 감상할 수 있습니다

박희홍 제4시집 - 문뜩봄

더불어 삶

인생길
함께 가야만 하는
상생의 길

팍팍한
세상 속에서 말소리와
발소리를 함께 내며

서로에게
마중물이 되어 주고
꽃씨를 함께 심고

불확실하더라도
감당할 수 있게 비워두는
그리움의 기다림

3월은

꽃샘잎샘의
처연함 속에서도
독립을 위해 외치던

아우내 장터의
질풍노도 같은
3월의 함성

사랑스러운 꽃과 잎
거침없이 솟아오르니
그 누구도 막을 수 없는

자유 평등 평화의 꽃을
피워내는 희망의 봄

경이로운 봄

깊이 잠든 줄 알았던
냉이 달래가
어느 사이에 깨어나
지지고 볶고서
밥상 위에 올라
맛나게 잘들 노는 사이에

소담한 민들레가
노랑 병아리를 깨우니
개나리 뒤따라 깨어나자
너도나도 덩달아
기지개를 활짝 켜고서
얼어붙은 땅을 밀쳐 낸다

설날 아침 엄니

바쁘기만 하던 몸
차례가 끝나고
도란도란 둘러앉아
함빡 웃는 햇살에

사르르 녹아드는
쫀득쫀득 개운한 떡국
뚝딱 비우는 모습에

배곯음을 잊고서
몰려드는 졸음에
몸을 맡기더니

단꿈을 꾸었나
방안을 휙 둘러보더니
비긋이 웃는다

박희홍 제4시집 - 문뜩봄

봄이 오는 소리

삼한사온 사라진 겨울
연초록 움틈을 재촉하는
함초롬히 내리는 비

붉게 맺는
옷고름 풀어 헤치고
따사로운 햇살에
문턱을 서성이는 동백의 향기

세상 이치

리듬 따라 길을 가르는 바람
바람 따라 수만 가지
얼굴로 변하는 구름
바람 따라 쏟아지는 비
세상 돌아가는 이치 따라
얽히고설켜 살아가는 삶

죽네 사네, 맞장구치며
세상 살아가기 힘들다고들 해도

어느 한쪽으로 치우치지 않게
강약 중강 약과 쉼표가 있어
그나마 살만한 세상 아닌가

하여간에 '개똥밭에 굴러도
이승이 낫다'라는 것 이젠 알겠나

봄의 전령

나뭇잎에
아롱진 수정구슬

또르르 떨어지는
구성진 소리에

잠들었던 땅이
파릇하니, 깨어난다

물 따라오는 것이
봄이런가 보다

실안개

바람이 잠든 사이에
옛 추억을 잊지 못해
만나보고픈 마음에
애간장 녹아 참지 못해
주위를 살포시 맴돈다

눈을 덮던 어둠의 그림자
해님이 솟아오르니
만날 기대에 부풀어
달음박질쳐 갔을까
눈앞이 환하게 밝아온다

어둠 잔뜩 낀 내 가슴속에도
이처럼
밝게 떠오를 날 오긴 오겠지

바야흐로 봄

관심을 가지고
한 발짝
쉬어가며
유심히 바라다보면

폭죽이 터지듯
온갖 생명이
꿈틀거리는 신비함이
그 안에 있음을 봄

017

봄꽃

보는 사람마다
참~ 예쁘다고
툭 한마디 내려놓고 간다

칭찬을
먹고 살진 아니해도
하느작 방긋 인사를 한다

동면의 긴 시간만큼
우리 곁에서 오래도록
웃어준다면 참 좋겠다

들뜬 봄날

다사로운 바람 따라
길섶에서 함빡 웃는
봄 향기를 한가득 담아
하냥 봄을 기다리는
그대에게 부칠게요

부채질하는 바람결에
그대 바람나지 않도록
벌 나비가
눈치채기 전에 보낸다면
떠나려는 사랑을 붙잡아둘 수 있을까요

제발
봄 타지 말고 기운 차려요
한 소쿠리
향긋한 봄나물도 함께 보낼게요

제목 : 들뜬 봄날
시낭송 : 최명자
스마트폰으로 QR 코드를 스캔하면
시낭송을 감상할 수 있습니다

깊은 가족사랑

가족의 중심인 할머니는 해님
엄마는 장미꽃
아빠는 장미꽃을 받쳐주는 안개꽃
두 누나는 모란과 작약
형은 우리 집 기둥인 소나무
나는 웃음꽃 바이러스

해님을 바라보는 해바라기들
아침 식탁에 모여
한 마디씩 웃고 웃기는 말로
시작하는 하루가 즐겁던 날들

결혼하여 늘어난 식솔들과
일 때문에 모여 살지 못하고
일 년에 몇 차례 함께하기 버겁지만

모였다 하면 환하게 피는 낮꽃을
가슴속에 한 아름 담아 가는 행복
오래도록 해님을 바라볼 수 있기를

제목 : 깊은 가족사랑
시낭송 : **최명자**
스마트폰으로 QR 코드를 스캔하면
시낭송을 감상할 수 있습니다

박희홍 제4시집 – 문뜩봄

꿈의 실현

손에 잡히지 않은
뜬구름 같은 희망

초원의 청노루
겁 없이 팔딱팔딱
뛰어오르는 것처럼

허황한 것 같아도
꿈결에서일망정
이루고야 마는

언제고 상상의 날개를
펼칠 수 있게
비워두고 채워가는 것

바람

보이지 않게
꼭꼭 숨겨둔
내 마음을 흔들고 간다

야생마가 되어
자유분방하게
어디로 가는 걸까
덩달아 따라가고 싶다

두루뭉술한 꿈

영화의 장면이 바뀌듯
저만치 달아나는 세월 따라
흐릿해진 기억력
소꿉동무와의 추억도 가물가물

누구나 겪는 일이겠지
애써 괜찮다고 자위해보지만
오가다 만나도
알아차리지 못할까 봐
쓰라린 아픈 가슴

깊은 상념과 고뇌 속에
이리저리 뒤척이느냐
쉬 잠들지 못하는 늙은이
그만 달콤하게 잠들고 싶은 밤

제목 : 두루뭉술한 꿈
시낭송 : 장화순
스마트폰으로 QR 코드를 스캔하면
시낭송을 감상할 수 있습니다

박희홍 제4시집 - 끌뚝밤

자유분방한 봄

확실한 국경 없으니
경비병 따윈 필요 없다

오가고 싶을 때
눈 깜박할 새에
은근살짝 다가온다

축하 공연은 새들의 몫

뒤늦게 알아차리고
즐기려면
구렁이 담 넘어가듯
은근슬쩍 가버리는
너무나 짧은 마법의 시간

박회룡 제4시집 - 문득봄

꽃의 일생

제 마음대로 피더니
한들한들한 봄바람에
이 가슴 저 가슴을
흔들어 놓고서

사람 사는
알콩달콩 달콤한 이야기
듣지 못하고 날개 꺾인 꽃

아쉽지만
가는 길 쓸쓸하지 않도록
입이란 입은 칭찬 일색이니
보기 좋고 듣기 좋은 사랑
듬뿍 받아 행복하였네라

외로움의 끝은

기다림의 시작이
그리움이런가
기다림은 인고의 세월
그리움은 애잔한 시간

기다림은
첫눈이 손등을 적시는 날
그리움은 이빨 시린 고통

기다림도 그리움도
끝인가 보다 싶으면
밀려 오가는 파도
건드리면 툭 터질 듯한

곰삭은 눈물 눈물들

제목 : 외로움의 끝은
시낭송 : 박영애
스마트폰으로 QR 코드를 스캔하면
시낭송을 감상할 수 있습니다

신비로운 삶

엄동설한에
앙상한 줄기만 남아
담벼락을
얼키설키 움켜쥐고
파리하니, 떨고 있는
담쟁이덩굴

변화무상함에도
자신의 자리에서
살아남으려고
온 힘을 다하는
남부럽잖은 그 자태
생의 아름다움이어라

생각 나름

대학 입학시험에 미역국
대기업 입사 시험
역시 미역국을 먹었을 때
세상 살맛 나지 않았으나
세월 지나고 보니

시험에 실패한 사람이나
실패하지 않은 사람이나
몇몇을 빼놓고서는 사는 것
별반 차이가 없더라

되지도 않은 일에
오기 부리듯 하려 들지 말고
잘할 수 있는 일에
온 힘을 다하는 것

그것이
하찮게 보여도 큰 행복 아닐까

박희홍 제4시집 - 문뜩문뜩

오월

가정을 꾸려 둘이 하나 되어
멋진 삶을 살아가려면
행복을 충전하라는 가정의 달

모두 하나 되어
상큼하게 즐기며 지내라는
어울림의 달

커다란 양푼에
담아낸 웃음꽃을
먹고살라는 복 터지는 달

은혜로운 볕 내리쬐는 오월
세월이 흘러도 변치 않는
포근한 햇살 같기를 기도하리

천국과 지옥

아무리 생각해봐도
지옥보다는 나을 것 같은데
사는 것이 팍팍하면
곧잘 사는 게 지옥이라 한다

도대체
지옥이 어떤 곳인지
다녀온 사람 있기는 할까

지금 사는 세상이
지옥보다는 좋을 것 같아
천국이라 생각한다면

대단히 잘못된 생각일까
굽이쳐 가며 생채기 나는
바람과 물은 알고 있을까

더러운 버릇 ; 희롱

스스로 잘못 기른 탓에
자제하지 못해
입버릇 손버릇이 제 맘먹기다

몸 안에 깊숙이
숨어 살며 스멀스멀 기어 나와
순간순간 못된 짓을 한다

어린아이들을 상대로
천벌을 받으려고
차마 그런 짓을 하겠냐고 하지만,
제 버릇 개 주지 못한다

제 맘속에 깊숙이 박힌 옹이를
스스로 빼내기 버겁겠지만,
사람다운 사람이 되려면
반드시 빼내야 하는데 어쩌지

짧은 생의 순간

이산 저산에서
화산이 폭발해
오색 용암이
온 천지를 덮었다

순식간에 식어
나비가 되어
이곳저곳을 기웃거린다

이제 곧
백옥처럼 고운 천사가
찾아오려는지

점차
아랫목이 그리워지는
을씨년스러워지는 날이다

무안하게

잘 알지 못하면서 아는 척
떠들다가 낯부끄러웠나
머리를 벅벅 긁는다고
당황스러움이 가시겠나

묻는 말에 한마디 말도 없이
제 할 일만 하는데
삘죽 웃는다고 괜찮겠나
미운 듯 반가운 듯한데
곱송그리며 손을 내민다고
얼굴 뜨거워 손 맞잡겠나

떡 줄 사람은 아무 생각이 없는데
옆에 앉아 김칫국부터 마시고
힐끗 쳐다본들 대꾸나 하겠나

여럿이 모여 콩케팥케 어수선할 때
지청구를 듣다 보면
양 볼이 붉혀진 채 그냥 있을 수 있겠나

별꼴 다 보네

명절이라
갓 혼인하여 딸린 입이 없어
단출하니
내려오겠다는 외동아들 내외에게

너희 마음 잘 알겠으나
접종받고 마스크 잘 쓰면
무방하다더라만
서로의 안위를 위해
잠잠해지면 내려오라 하고서

얼굴을 어루만질 수는 없어도
영상통화로 정겨운 모습을 보면서
이런저런 이야기를
웃고 웃으며 주고받을 수 있어
그나마 다행인 웃픈 명절

우리 사는 동안 이런 일이
더는 일어나지 않기를 바라며
넋두리하는 노부부의
허전한 마음 달랠 길 없어라

박희송 제4시집 - 문뜩문

달의 덕행

어쩜 그리도
사람의 성장 과정과 닮았나
초승에서 보름을 거쳐 그믐

다만 깊은 깨달음이 없어
윤회가 있는지 없는지
알쏭달쏭하다만
커졌다 작아졌다 거듭된 환생

이를 되풀이하며
사람의 길흉화복을
지켜보는 마음이
어떠한 기분인지 모르겠으나

잠재된 위력이
가져다주는 효험에
그저 늘 고마울 뿐이다

만도리 없는 풍년

벼가 자랄 때 김매기 하는
농부 없이도 참 잘 자라네
농사일을 기계가 대신하니
시간 많고 편해서 좋고 좋다

구경도 가고 친구 만나서
막걸리 사발 기울여 가며
지난날들의 서러움 씻고
웃음 지으니 흥에 겨워라

어정칠월과 건들팔월은
곡식 여무는 가을 마중 길
나절로 인심 나는 풍년가
얼씨구 씨구 좋고도 좋구나

흔적

자꾸 웃으며
김치 하라는
재촉에
살짝 웃으며 김치 해 본다

순간의
희로애락들이
추억의 그림자 되어
세월의 높이처럼
켜켜이 쌓여간다

말의 위력

너만 있으면 된다는
너라는 사람은
선택받는 사람

그런 말
듣고 사는 사람
참으로 행복한 사람

이런 사람 몇이나 되려나

사랑

사랑은 칠면조
그대 눈길 받으면
은근한 불길
그대 눈길 벗어나면
저주스러운 불길

서로의 눈길에서
벗어나지 않는 한
언제나
생기발랄한
살갑고 보드라운 불길

소녀의 순정

가느다란 허리로
억센 비바람을
어찌 견디고 있을꼬
걱정에 잠을 설쳤으나

비게인 상쾌한 아침
집 앞 골목 어귀에서
반갑게 손을 흔들며
오히려 안부를 묻는다

비췻빛 수정처럼
맑은 하늘에
바람이 석경石鏡을 걸어두었나
빨주노초파남보

일곱 색깔 무지갯빛
코스모스의 웃는 모습이
유별나게 탐스럽고
이쁜 가을이다

박희홍 제4시집 - 꾼뚝봄

불청객

세상일이
내 뜻대로 된다면야
너 따윈 필요 없다

그리되지 않으니
너로 인해
스트레스를 받는다

너의 정체가
오리무중인데
도대체 네 모습을 본
사람 있기나 할까

덧없는 꿈

여름날 밤 잠결에
피를 빨아먹는다는
몽달귀신에게 쫓기다

옆 골목에서
들려오는
서글픈 갈피리 소리에

다급하게 벗어나려
냅다 달음박질치다가
가슴이 철렁 내려앉고
무릎이 저리고 아파

그 자리에 철퍼덕
주저앉고 보니
아무짝에도
쓸데없는 개꿈일 줄이야

지진

잠깐 흔들린듯하더니
곧장
오밀조밀하던 고운 풍경
폭격 맞은 듯

한순간에 길도우미의
안내마저 받을 수 없게
무너지고 내려앉고 묻혀버리는
두려운 파괴력

무슨 연유로
누가 내린 저주일까
징글맞게 무섭다

슬픈 자화상

섣달그믐날 밤이면
새로운 삶을 다짐하려
머리를 싸매고
고민하고 고민하다

새해 아침이 오면
지난날의
허물을 벗지 못하고
새로워져야 한다는 마음뿐

가슴속에 둔 오르지 못할
신비스러운 산을
정복하겠다고 서두르다
용두사미로 끝나
허무한 섣달그믐날로
돌고 돌아오는 도돌이표

아서라 그렇게
정도껏 욕심을 부리지 그랬어

박희홍 제4시집 – 준뜩봄

야간 경보기

토방 노둣돌 위에서
안거위사 하느라고 밤새
명상에 잠긴 척하던
털보 파수꾼 삽사리

따르릉 하는
시계 종 흔들림에
두리번거리더니
바르르 떨며 일어난다

주인의 쓰담쓰담에 문안하고
기지개를 켜더니
눈과 입을 씻고서
꼬리를 흔들며 마실 나간다

초록이 대세

빨랫줄에 걸린
푸른 하늘

하얀 빨래에
칭칭 감긴
초록 물결에

넋이 나가
흔들이는
낮에 떠오른 반달

밝은 초록 세상이
무척이나
보고 싶었나 보다

보름달

오동포동한
누이의
살포시 웃는
포근한 얼굴

환한 별빛에
귀티 나고
늘 변치 않는
순진무구한 얼굴

그 고운 자태
선녀의 아름다움이어라

박희송 제4시집 - 준뜩봄

가족사진

늦둥이가 초등 삼 학년이던 봄날
한 컷에 담은
웃음기 가득하고 풋풋한
정다운 일곱 얼굴

오 년이 지난 가을날
큰 바구니에 옮겨 담았더니
밝은 표정에 의젓한 삼 남매
아직 어린 티를 벗지 못한 막내
부쩍 늙어버린 어머니

그때의 행복한 모습을 보고 있노라면
추억이 눈앞에 아른아른 떠오르고
축음기를 틀어 놓은 것처럼
지난날의 알콩달콩한 이야기 소리
잔잔하게 귓전을 맴돈다

핑곗거리 많은 세상사라
함께하기 쉽지 않아도
세월이 더 가기 전에
아기자기한 이야깃거리를
구순의 어머니께 안겨드려
찰지게 지지고 볶아내야겠다

제목 : 가족사진
시낭송 : 박영애
스마트폰으로 QR 코드를 스캔하면
시낭송을 감상할 수 있습니다

박희홍 제4시집 - 문득봄

삶의 언저리

눈코 뜰 새 없이 짧은 햇살에
땀 흘려가며 쉬지 않고
산 넘고 물 건너온 진갑進甲

늘어진 햇살이라
땀 흘릴 일 없지만
산마루턱에 앉아 쉬어가며

종착역이 어디냐 물었더니
망구望九더러 굽이굽이 길
쉬엄쉬엄 더 가보라 한다

건강하게 살다 가는 것이
꿈이건만
백수白壽인지 천수天壽인지가
그리 중하지는 않을 것 같은데도

손과 손

손주는 세상에서
가장 어여쁘고 사랑스럽다

학원으로 내몰리고
핸드폰에 푹 빠져
할미의 가려운 등을 긁어주고
말동무를 해줄 짬이 없다

손주를 대신할
손 하나를 들여왔다

근본이야 다르다고 해도
마음대로 부릴 수 있어
가려운 등에는
그만한 효자 없더라

박희홍 제4시집 - 문득봄

운 좋은 사람

말하려 하지 않고
귀를 쫑긋 세우고서
듣기만 하려 한다
되지 않은 말을 지껄여도
고개를 끄덕이며, 그래 그렇지 하며
늘 미소 짓는 온화한 얼굴

잘 끓인 오모가리탕이 맛깔스러워
입을 즐겁게 하는 것처럼
언제 어디서나 보면 볼수록
기분 좋고
오랜 시간 함께할수록 좋아
삶이 때깔 곱고 행복하다

운 좋은 사람 따로 있나
이런 사람 만나 늘 함께
더불어 사는 사람이겠지

제목 : 운 좋은 사람
시낭송 : 최명자
스마트폰으로 QR 코드를 스캔하면
시낭송을 감상할 수 있습니다

박희홍 제4시집 - 문득 봄

연정戀情

깨뜨릴 수 없는 고요함 속에
모름지기
풋풋한 사랑으로 자라나게

가슴에 자리한
비밀스러운 망울 터트려

마음에 등불 켜
물안개 낀 어둠 물리치니

흐릿하던 가슴
밝게 둥실 빛나고

가뭄 끝에 단비 되어
빛 고운
봄날 같은 기쁨 되려나

달님

다 같은 보름달이라도
크기가 다르다고 한다
어느 달의 보름달이
더 크거나 혹은 작을까

보름마다 매번 크기가
다름은
달의 마음이 갈대처럼
흔들리며 떠오르기 때문일까

크고 작음을 떠나
신비로운 힘을 가진
둥글고 환한 보름달이 있어
웃고 웃을 수 있고

두 손 맞잡고서
잘못함도 소원도 빌고 빌 수 있어
어머니 품속에 안기듯이
그저 행복하고 아늑하여 좋다

박희홍 제4시집 – 문득봄

도리와 역린

공든 탑이 허영 때문에
어이없이 무너져버렸느니
낭패로다, 낭패로다
모든 것이 낭패로다

지금 당장
도려내지 못한다면
더 큰 재앙 닥칠 것 같은데
낭패로다, 낭패로다

우리 민초民草가
영원히 변치 않은
개펄인 것을
아직도 그들만 모른다

낭패로다, 낭패로다
모든 것이 낭패로세
아서라 이를 어찌하오리오

오월의 장미

꽃내음 몸에 짙게
도배한 오월
울을 넘나드는 빨간 입맞춤

아름다움과 향기로움으로
제 시절이라 우쭐거리며
특권을 마음껏 누리며

날카로운 송곳니를 숨긴 채
흔들거리는 빨간 춤사위
눈부시게 황홀한 앙칼진 몸매에

홀딱 빠져 넋이 나갔나
보는 사람마다 이구동성
이래저래 입방아 찧기 바쁘다

공존 동생

바닷가 절벽에 간당간당 매달린
가냘픈 소나무 한 그루
산바람이 무섭고 외롭지 않냐 묻자
갯바람이 슬며시 찾아와
소곤대는 파도가 있잖니, 한다

해님이 목마르지 않냐 묻자
달님이 살짝궁 귓속말로
이슬과 안개가 있어 견딜 수 있잖니, 한다

주위를 날던 갈매기 힘내라며
거름을 주고 가자
잔바람이 비구름 그늘을 만들어 준다

혼자인 줄만 알았더니
노닥거릴 친구 이리 많을 줄이야
세상에 저 홀로 존재하는 것은 없나 보다

무심한 세월

아 예쁘고 예쁜 따뜻한 들녘
노란빛 잔잔한 바람
한적한 절간에서 쉼 없이
손짓하며 부르는 풍경소리

살아 있기에
빈 가슴을 채워가는 고독
낭랑한 바람 소리 따라
꽉 찬 속을 비우라지만

천지 분간 못하는
벼락바람이 걱정거리를
인정사정없이 밀어낸다고
마냥 행복할까

꽃씨 하나에 담긴 우주가
햇살이 홰를 치며 떠오르듯이
빛살이 서산 고개를 넘고 나면
등불처럼 밤을 밝히는 달이 뜨겠지

불청객과 커피

며칠째 하늘을 뿌옇게 덮더니
곳곳에 몰래 눌어붙어
마음 편치 않으나

오늘은
사라질 거라더니
비가 내리지 않아서

입마개를 하고서
산책을 나왔다가
숨쉬기도 불편하고 눈이 따가워
서둘러 집으로 돌아와 마시는

따뜻한 양촌리 커피 한 잔에
잔뜩 웅크렸던 몸과 마음
곧장 누그러져 그나마 다행이다

놓지 못한 연민憐憫

봄은
눈 속에 깊이 잠들었다가
기지개를 켜며 슬쩍 다가오는데

가랑비라도 내리는 날이면
샛노랗게 쭈뼛 곤두세워 오는데

잔잔한 바람 곁에 실려
물밀듯이
푸른 파도를 타고 밀려오는데

비와 바람이 꽃을 피우도록
춤을 추듯 부드럽게 오는데

가슴 도려낸 상처로
애간장 타는 사오월의 엄니 몸에
딱지 뗄 봄날은 언제쯤 오려나

문뜩 봄

윙윙거리며 울어대
춥디춥고
을씨년스럽던 겨울

두껍게 입었던 옷
한 겹 한 겹 천천히
벗겨내는 고운 햇살에

숨죽이던 잎들이
파란 웃음을
살포시 머금고 달려와

고삐 풀린 말처럼
몸부림치는 비바람에
문뜩
무리를 지어 필 채비에
눈코 뜰 새 없이 바쁘다

고운 생각

고민하고 고민하던
부질없던 잡념들이
옹이 되어 굳어진
지나가 버린 시간

이제야
부드러운 너를 만나
동행할 수 있음에
더없이 행복하다

오련한 봄

꽃이 곱게 흔들리던 날
꿀을 따는 벌 나비에
질투가 나 속 쓰리건만

오겠다는 비에게
눈도 입도 즐겁게
며칠만 더 말미를 달라며

꽃이 벌 나비에게
덩실덩실 춤추며
오래오래 놀다 가란다

좋은 생각

삶이 그냥 서글프다고 했더니
꽃 피울 날을 기다리며
죽은 듯이 숨죽여가며
엄동설한을 견뎌내고서
향기로운 꽃을 피워내는
자기처럼 활짝 웃어 보란다

지나가 버린 날들의
희로애락에서
무엇을 가슴에 담아 둘까

골똘하지 말고
기쁘고 즐거운 일만
담아두고 꺼내 보란다

살다 보면
기쁘고 즐거운 날이
더 많을 터이니
그날들이 꽃 피고 새 우는
아름다운 날들이라고

논쟁거리

동토의 얼음처럼
쉬이 녹지 않은
시린 가슴들

가까이 있는데도
멀게만 느껴지는
열리지 않은 마음들

허허롭게 비우면
채울 수 있으련만
비우지 않고
채우려고만 하는 욕심들

떡밥을 마구 뿌려
자신의 낚시에 걸려들길 기대해도
쉽게 입질하지 않는 중생을
만만하게 보다간 큰코다친다

박희홍 제4시집 - 문득봄

수상한 낌새

눈보라 치던 어둑새벽
급하게 걸은 듯
찻길까지 미끄러지듯
길어진 두 쌍의 발자국

경수와 수경이가
봇짐을 쌌다는
설왕설래하는 소리
동네방네 들썩인다

엊그제 수경에게
내내 외롭지 말라며
두 켤레의 엄지장갑을
쥐여주길 잘했다

변덕

세상에
흔들리지 않는 것이 있을까만
왜 뭇사람의 마음은
자꾸만 흔들릴까

요지부동하게
무거운 너럭바위를
얹어 놓으면 어찌 될까

늘 처음 같지 않으니
그저
착잡하기만 하다

열대야와 모기

가마솥더위에
앵앵거리던 암모기가
죽음보다 어두운 고요함을 헤집고
도둑고양이처럼 살포시 찾아와서
피를 빨아 배를 남산같이 불리니

아이는
애간장이 타 녹아내리듯이
강그러지게 징징 울어대다
웬일인지 일순간
깊고 깊은 잠의 바다에 빠져든다

몰아쳐 오는 졸음을 이겨낼
장수 없다는 말이 빈말이 아니었다

더위 천적

한참 극성을 피우던
파리모기마저 지쳐
숨죽이게 하던 불볕

재앙 뒤집을 바람이
장대비를 몰고 와도
꿈쩍도 하지 않더니

어서 물러가라 해도
처서 보내 놓고서도
물러날 기미 없다가

동그마니 날아오는
백로의 긴 날갯짓에
혼비백산할 줄이야

혼쭐 난 서리

땀범벅이 된 흰 달이
잠들지 못하고 꾸벅꾸벅 졸고
원두막의 은발마저 희미하게
깜빡깜빡 졸고 있을 때

참외 서리를 하려다
흰 달의 환한 잠꼬대와
호호백발의 너풀거림에 놀라
허겁지겁 걸음아 날 살려라
냅다 도망치려다

그만
수박껍질에 줄줄 미끄러져
도랑에 처박히는 밤

작은 만족

여린 삘기 속살 꺼내
허기진 배 채우던
무던히도 넘기 힘들던
삐딱선 같은 보릿고개

반공일과 온공일에는
점심마저 거르고
꼴망태 채워 나르다
쫄딱 굶었더니
민망하게도
뱃속마저 꼬르륵 슬퍼 운다

저녁이 되어서야
꽁보리 고봉밥에
할아버지 대궁밥까지
게 눈 감추듯 하고서
배부름에 취해
세상을 다 가진 양
사지를 큰대자로 벌린 채
곯아떨어진다

박희동 제4시집 - 문뜩문

믿음

겨우내 쉬고 있던 겨울눈에
눈길 한번 주지 않으면서
내리는 하얀 눈만을 사랑하는 사람아

그 눈만 좋아 말고
추위를 견뎌내려는 눈과
은하수 같은 눈 피하지 말고
눈과 눈 마주하면

그 속에
꽃과 잎이 곱게 잠들어 있고
그대와 나 마주 보고 있어
살가움과 정겨움이 묻어나
한량없이 마음 포근하니

어찌 오해가 쌓일 수 있겠나
사랑하는 사람아

혼령의 그림자

이빨 하나 흔들려도
온 신경이 곤두서는데

하물며
귀한 자식
먼 길 먼저 보낸

사월과 오월의
어미 심정이야
어떠하겠나

복병

간밤 비바람에 떨어진 갈잎
널따란 길을

다 덮고 잠들어 보기에도 좋은
상쾌한 아침 길

걸음을 떼어 놓을 때마다
서걱거리는 리듬에 취해

장단 맞춰 걷다가 그만
스키 타듯 미끌미끌 미끄럼타며
서둘러 왔으나 출근길이 늦어
한 소리 들었다

백로白露

열대야로 밤잠을 설치던 날이
엊그제인데
귀뚜라미 울음소리
밤새 그칠 줄 모른다

몸이 서늘하여 창문을 닫고
이불을 끌어당긴다

이슬 내리는
포도 순절葡萄旬節에
아직 건재하다고
헛기침으로 알리는 어머니

은혜로운 어머니께
포도 지정葡萄之精을
떠올리며 감칠맛 나는
포도 한 상자 보내야겠다

세월의 흐름

칠십여 년 전에
꾸었던 꿈
또렷하게 기억하지만

지금도 여전히
같은 꿈을 꾸어도

늙어빠진
오징어 먹물에 쏘여
흐릿해져 기억조차 희미해

그 시절의
그리움을 반추할 수 없어
가는 세월 붙잡지 못하네

오래된 인연 : 책상

읽고 쓰고 엎드려 졸면서
너의 얼굴을 탁탁 두드리고
상처를 내고 커피를 쏟아붓고
감당하기 힘들게 올려놓는 등

별의별 짓을 다 해도
군소리 한번 하지 않고
삐뚤어지지 않고 버텨주어
미운 정 고운 정 깊어
헤어질 수 없는 시절 인연

나를 따라 사십여 년을
묵묵히 동고동락하더니
너의 얼굴도
내 얼굴 닮아 잔주름투성이라
안쓰러워 보톡스 처방을 해줄까도

생각하였으나 생각일 뿐
다른 방도가 없으니
그날이 언제 일진 몰라도
끝나는 날까지 함께 하자구나

박회홍 제4시집 - 준뜩봄

동상각몽同床各夢

바람 없어도
맥없이
곤두박질치며
떨어져 구르니
보는 마음 아픈데

아프지 않고
괜찮다니
잘은 모르겠으나
아마도 네 마음도
쓸쓸하겠지

내 마음이
아무리 애잔하대도
네 마음
같을 수야 있겠니

한세월閑歲月

웬일일까
달도 별도 잠들어
어두컴컴한데
대낮처럼 밝다

대지를 온통
하이얀 솜이불로
덮었으니 그럴만하다

그 속에
때를 거스른
장미 한 송이

이 한겨울에
오매불망
임 그리워서
얼굴 붉히다니

박희홍 제4시집 - 문득봄

웃음 보시

칠흑 같은 어둠과
시련과 고난 속에서도
초롱초롱 빛나는 별

너로 인해
위로받고 위로하며
빈부 격차와 지위 고하를
묻지도 따지지도 않고

격의 없이
한마음으로
만복을 열어가게
경계를 허무는 빛살

사랑 땜

연둣빛이 월반越班하면서
남긴 짙푸른 신록의 세상

봄을 여물게 하는
찬란하고 노련한 햇살에
간간이 바람이
구름 양산을 씌워주니
지내기 아주 적당한 때

온갖 새들은
새순을 키워내기 위해
즐거움에 부산을 떨면서
풋풋한 사랑담은
환희의 시를 온종일 읊어대며

피곤한 줄 모르고
그저 기쁨에 호들갑 떨며
지울 수 없는
추억의 나이테 하나
곱게 새기려 애쓰네그려

박희종 제4시집 - 문득봄

봄이 내게 말하네

얼어붙은 대지를 뚫고 나와
비를 안아주고 바람을 다독여
꽃을 피우고 새잎을 띄우고
새들이 새 둥지를 틀게 하네

세상의 온갖
불행의 기운을 사라지게 하고
따스한 손길로
행복의 문을 활짝 열어주고
믿음으로 가슴을 설레게 하네

자비스러운 은총으로
우리가 그 누구도
미워할 수 없도록
새로운 치유의 씨앗을 뿌리네

봄이 그 누구도
미처 생각해 본 적 없는
힘이 되는 다정다감한 밀어로
온종일 쉼 없이 시를 써 보내네

박희용 제4시집 - 문득봄

구월은

고샅길 탱자 울타리에
농익어 가는 탱자의
향기로움에 침 고이고

발걸음 뒤를
바짝 따라오는
풀벌레 소리

가을 풍요를 위한
낭만 행진곡

오색 옷을 지어 입으려
물을 들여가며 룰루랄라
가슴 벅차게 들뜬 날들

박희홍 제4시집 - 문득 봄

엄니 맘

기뻐도 슬퍼도
무덤덤하게
웃는 낯꽃 속에 감춘
진심 어린 속마음

다행스러운 것은
그저 바라만 보고
군말하지 않은
끝없는 자애로움

쨍쨍한 칠월

뜀박질로 힘껏 내달리는
칠월의 여름
대지의 색깔과
시원스레 부는 바람은
온통 파란빛 웃음으로 덧칠한
명주실 같은 하얀 바람

이글거리는 태양을
따깜질해
산야에 골고루 분칠 하니
맛깔나게 열매는 익어가고
추억의 보따리엔 그리움을 담지만

한 달여 비가 내리지 않아
갈증이 나도
바람은 누군가를 붙잡고서
소곤대기만 하다가
비구름을 데려올 때를 놓쳤나

열대야로 잠 못 든 아이
윙윙거리는 모깃소리가
자장가 소린 줄 알았다가
주삿바늘에 따끔하게 찔렸나
자지러지더니 이내 잠든 고단한 밤

곱게 단장한 머리채를 풀어헤치듯
시원한 한줄기 소낙비가
지친 칠월의 여름밤에 노래 부르니
로또라도 당첨된 양 그저 반가워라

짝사랑

장맛비 소록소록 내려
버려야 할 미련 씻어내니
멍울진 가슴 시원하련만

씻겨내지 못한
찌든 미련 남아 있나
왠지
개운하지 않고 서글퍼지는 마음

가슴 벌렁거리지 않게
진작에 비웠더라면
기억 저편에 잊혀
초라하지는 않았을 것을

비움과 채움 사이

억새가 서걱거리며
내게 오라더니
하얀 서리 가을 지나면
너도 속이 텅 빌 거라며
속없이 흰소리할 때

눈을 스쳐 지나간
잔상이 추억으로 남아

눈에 아른거려
니일니일한 눈설레에
겨울이 한껏 물든다

가을 삼총사

이별이 아쉬워
눈에 이슬 내리고

먼발치서라도 보려니
눈에 안개 끼어

허둥대다 그만
가슴에 서리 맺힌다

가을 하루

저리도 푸른 하늘에
저리도 잔잔한 바람과
저리도 따사로운 햇살이
질펀하게 놀다간
가을 하루의 끝자락

서리서리 서리꽃 핀
새벽녘
공명과 울림이 어우러진
참새 떼의 재잘거리는 하모니
가을의 끄트머리를 긷고 긷는다

갈잎 단상

강더위로
목을 추스르지 못해
말라버린 갈잎

아직은
이별할 때가 아닌데
길 위에 널브러져 있으니

남실바람이
원혼을 위로한다며
걸판진 씻김 굿판을 벌인다

나뒹구는 철 이른 가랑잎
불혹에 홀연히 먼저 간
구레나룻 깨복쟁이 내 친구 같다

한가위 달밤

새털구름 사이로 두둥실
펼쳐진 은쟁반 위에서는
둑이 무너져 버린 웃음보

날이 새는 줄도 모르고
동동 구르며 깔깔대는
정겨운 웃음소리에
종요롭고 푼더분하다

구순의 은빛 머리 할머니
과일과 송편에 정화수를
고수레로 허공에 흩뿌리고서
파르라니 떨리는 손 맞잡고

마구 밀려드는 바람들이
축복 속에서 이루어지길
하늘의 전령사
하얀 달에 비손한다

꿈결

어둡고 긴 굴속 같아
불을 밝힐 때인지 아닌지
긴가민가 알쏭달쏭하다

손에 잡힐 듯 말 듯 해
허둥대며 몇만 리를
밤새 엎치락뒤치락
바쁘게 싸다녀도

잡힐 듯 말 듯
애간장이 녹아도
가슴속에서 꿈틀대고 있어
함께 할 수 있고
잔재미가 있어 행복하다

가을 그리움

울긋불긋 물든
알쏭달쏭한 생각에

외로움을 타지 않을
행복한 순간을 떠올린다면

멈칫거리는 겨울도
별반 춥지 않겠지

활기찬 봄 역마차가
도착 시각에 딱 맞춰
차질 없이 올 테니

지는 낙엽에
너무 마음 상하지 말게나

단풍잎 떨어지면

한 달가량
온 산을 활활 태우더니
끄지 않아도
사그라지고야 만다

허전한 빈 숲을
윙윙거리는
스산한 바람 소리
그칠 줄 모른다

몸 시린 나목은
위기를 기회로 삼아
부활의 꿈을 꾸며
지난날을 관조하면서

초연하게 기다리며
기도 삼매경에 빠져든다

단풍의 다른 이름

짧지만
긴 여운을 남기는
오색 무지개처럼
아름다운
영혼의 계절에

왈츠를 추며
생을 마감하는 것은
나이테 한 줄 긋고
세월 속으로 떠나는 순례길

제시간에 도착할
봄을 기다리는
계절이란 이름의 맞이방

한가위

어릴 적 우리 마음에
크고 작은 별로 떠올라
순백으로 눈부시게
아름답던 별밤

소금꽃 따 담은 은쟁반 같은
하얀 달 참 밝아서 좋다

벗들과 밤새도록
둥근 쟁반 위에서 흔들거리는
흰 송편을 안주 삼아
술잔을 기울이며

휘영청 밝은 한가위 달밤에
서로 우김질하며
이야기꽃을 피우던
그 시절로 돌아가고 싶어라

가을을 보내며

낙엽은 늦가을의 독재 권력
어딜 오가나 낙엽 뒹구는 세상

글쟁이도 낙엽에 몸을 팔았을까
머리를 싸매고서
그를 위해 글을 쓰지만

줄타기하며 종잡을 수 없게
빗금 치며 쏟아지는 권력은
영락없이 코를 풀어댄 휴지 조각

꿈과 고통으로 점철되어
훌훌히 떠나고 난 뒤
몇몇이나 남아 버티며
진정한값을 받을 수 있으려나

떠나갔을망정 혼자서라도 버티시게
그 속에 노래와 철학과
인생의 참맛이 배어 있을 것이니

맹꽁징꽁

도심 공원 습지에
장맛비 내리니
덥석 나온 맹꽁이
울음주머니 터질 듯
맹꽁맹꽁 맹꽁

사랑놀이하려 장단 맞춰
맹하고 꽁하며
그미를 찾는 맹~, 꽁~,
능청스러운 목청소리

매년 장맛비 내릴 때
또다시 우렁차게 부르는
맹꽁 맹꽁이 합창곡
밤새 들어도 좋은 노래

어울림은 평화

장미 꽃다발이 아름다운 것은
안개꽃이 함께 있어 아름답다

그리 말하지 마 장미가 있어야
안개꽃 빛나지 않던가 그렇지

장미와 안개꽃 어우러졌을 때
빛을 발하듯이 행복이란 것도

서로 합심할 때 힘이 되어 주니
눈부시게 더욱 아름다운 거지

떼 내려고 해도 떼 낼 수가 없는
지게와 지게 작대기 같은 필연

주었으니 받아야지 하는
욕심을 버리면 모든 것이 화평

박희출 제4시집 - 문득봄

이슬 그리움

고운 새벽 달빛에
맺힌 단이슬에
아른거리는 풍경
꽃과 새가 목을 축인다

고운 햇살 막 오르려니
또르르 뚝 덜어져
대지의 목을 축인다

소리 없이 왔다가
소리 없이 가지만

온갖 생명에 혼을 불어넣어
풍요를 가져다주려
신이 흘린 눈물
손에 잡히지 않은 보석

제목 : 이슬 그리움
시낭송 : 박영애
스마트폰으로 QR 코드를 스캔하면
시낭송을 감상할 수 있습니다

지난한 삶

높이 제한에
적재량까지 초과해
손에 땀을 쥐게 하는

파지 싣는
할아버지 손수레

영락없는
깔크막을 오르내리는
브레이크 풀린 자동차

박희홍 제4시집 — 문뜩뜩

오매불망

봄 가뭄이 길어
몹시 걱정했는데
오매
비가 내려 오지다마는

온다는 장맛비는 늦게 오면서
시작부터 억수로 쏟아붓네
오매
난리가 나 불었네

겁 많은 우리 오매
어째야 쓸꼬
클씨 어째야 쓸꼬
걱정이 태산 같을 터인데

이러고 있을 때가 아니네
오매 어째야 쓸꼬
별 탈 없는지
싸게 얼릉 전화해야겠네

박희홍 제4시집 - 문뜩봄

공감해 봐요

까닭 없이
슬프게 하는
바람 세차게 앵앵 우는
처연한 밤

우린
누군가를 위해
그렇게
눈물범벅 울어주던 적 있나

한 번쯤은
누군가에게 위로가 되게
부둥켜안고
목이 터지도록 울어주리니

순리에 따르라

이파리는
어느 순간 떠난다
우리도 그렇다

바람이라면 욕심일까
쪼끔 더
오래 살고 싶다는 바람
그 또한 그렇다

욕심이 멀리 있지 않고
가까이 있어도
어느 때나 원한다고 쉽게
손에 쥘 수 없음과도 같다

첫눈에 대한 추억

겨울 목화송이
사락사락 소복소복
곱게 피던 첫날
우린 처음 만났지

차가운 겨울이지만
둘이서 걷는 길은
솜이불을 덮는 듯이
언제고 따스했지

시간이 흘러 다시금 목화꽃
활짝 피던 날, 연緣이라는
풀 수 없는 고리에 묶였지

둘이서 걷는 발자국이
모진 풍파를 잘 견뎌내
설렘의 첫 만남처럼
그렇게 영원히 간직되길

수능 추위

간절한 염원이 이루어지길 바라는
부모의 가슴 조이는
맘을 알아차리지 못하고

수능 날이면 여지없이 덜 덜 떨게
추운 날씨로 급변하는 것은
움츠러든 가슴으로 올린 간절한
기도가 너무도 강렬함에서일까

맘껏 기를 펴 자신만만하게
제 능력을 충분히 발휘해
뜻한 바대로 곧바로
꿈을 이룰 수 있게

얼어붙은 맘 녹여주는
따사로운 그런 날이 되길
하늘을 향해 무릎 꿇고
간절하게 두 손 모아 본다

박희홍 제4시집 - 군뚝봄

연말과 연시

한 해의 우듬지 십이월
이룬 것 없어 후회스럽고
허전하고 초조하지만

마지막이란 말은
아무 때나 쓰면 안 돼
벅찬 기회가 될
열두 칸짜리 열차가
시동을 걸고 있으니

지체하는 일 없이 왔다가
쉴 새 없이 출발하니
고뇌만 하고 있지 말고
준비를 잘하고 있다가

다가오는 순간 후딱 타고서
소원의 보따리를 풀어가며
올곧게 꿈을 하나씩 이루면서
기어코 종착역까지 가야 하지 않겠냐

눈 그리고 바람

실 꾸러미보다
더 기나긴 겨울밤

저승사자보다
무서운 황소바람에
몸을 웅크려 자고 나니
밤손님 도둑눈이
겁 없이 쌓아놓은 잣눈

방문 앞 나뭇가지엔
꽃이 피었기에
봄날인 줄 알았더니

질투 난 흔들바람이
예쁜 이를 떨어뜨리려고
안달복달하며
넋 놓고 울어 댄다

박희홍 제4시집 - 문뜩문

한 해를 마무리하며

누구나 시작과 끝이라는
출발점과 도착점이
동일선상에 있어
불공평하다 할 수가 없다

온 힘을 다해 다다라 보면
허탈해하거나 만족해 웃거나 해도
변명도 우쭐함도 필요가 없다

누구나 같은 선물을 받았으니
꿈의 실현은 자신의 몫으로
얻느냐 얻지 못하느냐는
주어진 일을 마지못해서 하느냐
기분 좋게 하느냐에 따라

종착역에서 내릴 때
신이 내린 보물인 얼굴에
그려진 그림을 보면 알 수 있다

설날 아침 단상

노랑 납매臘梅 핀다지만
왜 그리도 추울 때
새롭게 시작해야 할까

아이들은 색동옷에
나비처럼 사뿐한데
세월이 가는 것이 싫은
늙은이 마음은 무엇 땜시
이다지도 허무할까

아직 오지 않은 피붙이가
발걸음 바쁘게 온다는
첫새벽 까치의 전갈에

울렁거리는 마음으로
대문을 활짝 열어놓고
매의 눈으로 지켜보며
넓적 귀를 쫑긋 세워보련다

제목 : 설날 아침 단상
시낭송 : 박영애
스마트폰으로 QR 코드를 스캔하면
시낭송을 감상할 수 있습니다

박희홍 제4시집 - 문뜩봄

후회해 본들 어떠하리

눈 내리고
매서운 설한풍 부는 날

몇 차례 엉덩방아를
찧을 듯 위태로웠던 길

부나비처럼 젊음을
엄벙덤벙 보내고서야

의지가지없이
무너져가는 꼴에
추레한 생각에 잠긴다

추억의 정월대보름

가난에서 벗어나고 싶어
어머니는 드러나지 않게
옆구리에 호미와 소쿠리를 끼고
부잣집에 슬그머니 들어가
복토福土를 담아 오고
아버지는 짓이겨 부뚜막에 바른다

남보다 일찍 일어난 할머니
용알을 뜨려 쫓기듯이
우물로 종종걸음을 치고

아이들은 부럼과 오곡밥에
묵나물로 배를 채우고
니 더위 내 더위 맞 더위를
외쳐대며 골목을 서성인다

어머니가 까마귀밥을 차려

담 위에 얹어 놓았더니

지난해처럼 어느 사이에 먹고

가버렸는지 보이질 않는다

어른들은 자손들이 무병장수하고

잘 살게 해달라고

둥근 달님께 비손하며

달빛 진하니 풍년 들겠다며

올가을에는 모두가 웃게 생겼다며

풍악 놀이 한바탕에 두 귀에 걸려

다물지 못하고 웃던 입

어릴 적 한 소쿠리 추억 잊을 수가 없다

제목 : 추억의 정월대보름
시낭송 : 박영애
스마트폰으로 QR 코드를 스캔하면
시낭송을 감상할 수 있습니다

저버린 겨울

어처구니가 없네요
둘이서
냉·온탕을 오가며

서로 먼저 하산하겠다고
티격태격 얼굴
찌푸리며 다투다가

114

꿩 대신 닭이라더니
하얀 메밀꽃 피지 않고
조금 푹하다고
주룩주룩 흐르는
눈물이 옷을 적신다

바이러스와의 공생

부딪히며 살아야 한다면
무섭다거나 두렵다 말고
서로 상처를 주지 않게끔
그들과 함께 잘 지내려고

우리가 먼저 탐욕스러운
생각과 행동을 멈추고서
파괴된 자연 생태환경을
복원 보전해야지 않을까

알면서도 실천 못 한다면
더 큰 재앙이 오지 않을까
두렵게 생각하는 마음은
나 혼자만 하는 걱정이길

눈 내린 밤길

하얀 별꽃 쏟아 내려
소복이 길을 덮는 밤

잎새 떨어진 가지들
을씨년스럽게 울고

뭇짐승 추워 떠는데
거리는 윤슬로 반짝

어둠길 나선 길손의
종종걸음 위태해도

따라나선 삽사리는
마냥 즐겁기만 하다

겸양의 미덕

됨됨이가
괜찮은 사람일수록
어떤 사람 앞에서건
우쭐대지 않더라

보름밤
은빛 소금꽃이
그저 은은하게
빛나듯이

시와 함께라면

댕돌같은 마음으로
글 꽃망울을 잉태하려
낯선 시어를 찾아
긴 항해를 시작한다

풍어를 꿈꾸며
낚싯대를 드리우고 낚아 올린
서로 다른 단어의 합방이
딱 맞는지를 가늠해 본다

재주가 메주라서
궁합이 잘 맞는지 모르겠으나
선착장에 도착할 때쯤에는
산기産氣가 있어 해산할 수 있을까
두려워하는데

모진 풍파를 이겨내고서
여기까지 왔는데
기필코 해내고 말 것이라며
바람은 그런 염려하지 말라
어리바리한 나를 일깨운다

박희홍 제4시집 - 문뜩봄

과즉물탄개

잘못된 일 고치지 못해
후회하는 일 없게 하라 했건만

자리를 바꿔 앉아보니
잘 된 것은 보이지 않고
온통 잘못된 것만 보이네

그러면서도
바로 잡으려 하기는커녕
하는 일마다
착살스럽기가 짝이 없네

누가 누굴 탓하오리오만
인간의 본성이
어디 그리 쉽게 변할 수 있을지

** 착살스럽다 : 하는 짓이나 말이 조금 얄밉게 잘고 더러운 데가 있다

물의 씨앗

고단한 삶에 두레박질을
대신하겠다며 혜성처럼 나타나

박자에 맞춰 잘도 토해내다가
쉼이 길어지면
피식피식 휘파람 불며
목이 마르다 투정을 부리다가도

한 바가지 물로 목을 축이고 나면
언제 그랬냐는 듯 부지런한 일꾼이 된다

삶의 애환을 지켜보면서
깊은 곳에서 잠든 물을 깨우려
마중하러 가는 물의 씨앗
사라져 가는 작두샘의 마중물
우리 삶에 이 같은 사람
지천으로 널리고 널렸으면

박희홍 제4시집 - 꾼뚝봄

마음 이음 고리

끼니를 거르는 찰가난을 이어받아
막품팔이에 매여도 낯 붉히지 않고
흐트러짐 없는 바른 말씨와 몸가짐으로
어버이를 구완하던 억척스러운 며느리

함부로덤부로 써버린 탓에 몸과 맘에
몹쓸 바람이 들어앉아 욱신거려오는 아픔에
설늙은이가 되어 버려 마음대로 되지 않은 삭신

언짢다는 생각나지 않고
외롭고 쓸쓸하지 않게
모든 것을 숨김없이
터놓을 수 있는 말벗이 되어

풀 죽어 얼어붙은 엄마의 얼굴이
살랑살랑 부는 명지바람에
곱고 맑고 밝게 빛날 수 이토록
참마음으로 고수련을 잘해야겠다

** 찰가난 : 여간하여서는 벗어나기 힘든 혹독한 가난.
** 함부로덤부로 : 마음 내키는 대로 마구. 또는 대충대충.
** 고수련 : 앓는 사람을 시중들어 줌.

허언에 헛발질

산중
딱따구리 부작
겉늙은이

도를 닦아
신선이 되겠다면서
촉새처럼
입방아를 찧고 다니더니

제 입에 저 스스로
재갈을 물렸으니
낯부끄러운 언행에
앞날이 캄캄하니

허허 이를 어찌해야 쓸고
그렇게 좀 자중했더라면

** 딱따구리 부작(속담) : 무엇이나 완벽을 기하지 않고 명색만 근근이
    갖추는 것을 이르는 말. (우리말샘)

박희옥 제4시집 - 문득봄

그냥 그렇게

담장에 기대어
허리를 곧추세운 어머니
아스라이 풍겨오는 살냄새로
당신이 애지중지한 자식임을
단번에 알아본다

아버지는 담배를 입에 물고서
먼 길을 바라보다
당신의 그림자를
벗어나지 못한
아들의 걸음걸이를 알아본다

가물가물 멀찍하지만
두 내외는 눈 감고서도
살내음과 걷는 소리로
서리병아리 같은
당신의 사시랑이를 알아본다

마음의 빛

참과 거짓을 구분하지 않고
마음 챙겨 사랑하는 것만이
바람을 거스를 수 있는 향기다

초록이 물들면 단풍들 날 오듯이
겨울 봄여름이 빚쟁이라면
가을은 빚을 갚아야 하는데

겨울 봄여름은
풍요로워야만 받을 수 있는
청구서를 보내 놓고서
독촉하지 않고
그저 세월 가기만을 기다리는데

한 번도 못 해본 고맙다는 말
마음 토대가 튼튼하면
거슬러 흐를 수 있으려나
바람도 그러려니 생각할까

값진 땀 흘림

시인은 잠든 언어를 깨워내
온갖 모양의 도자기를 빚는 도공으로

지혜를 모아 물레를 돌려가며
울림과 떨림을 이용해
달작達作이란 말이 나오게끔
양념에 버무리고 고명을 얹어
누구와도 소통하고 화합하도록

거친 언어를 부드럽게
부드러운 언어를 더 부드럽게
맑고 밝게 방긋 웃는
멋진 모습에 감칠맛까지 나

사람들의
가슴 한편에 오래도록 간직될 수 있게
명장의 반열에 오를 꿈을 꾸며
온 정성을 다해 빚고 빚어낸다

■ 애매한 낱말 풀이

* 곱송그리다 : 놀라움이나 두려움 때문에 잔뜩 움츠리다.
* 과즉물탄개過則勿憚改 : 잘못했을 때, 이를 즉시 고침.
* 건들팔월 : 건들바람처럼 덧없이 지나간다는 뜻으로,
                음력 8월을 이르는 말.
* 납매臘梅 : 음력 섣달에 꽃이 피는 매화.

* 눈설레 : 눈과 함께 찬바람이 몰아치는 현상.
* 니일니일 : 계속해서 뒤를 이어 움직이는 모양을 나타내는 말.
* 대궁밥 : 먹다가 그릇에 남긴 밥
* 댕돌같다 : (몸이나 물체가) 돌과 같이 매우 야무지고 단단하다.
* 덩두렷하다 : 매우 덩실하고 두렷하다.
* 따깜질(하다) : 큰 덩이에서 무엇을 조금씩 뜯어내는 짓.
                조금씩 뜯어내는 짓.
* 묵나물(묵은나물) : 뜯어 두었다가 이듬해 봄에 먹는 산나물. (우리말 샘)

* 사랑땜 : 새로 가지게 된 것에 얼마 동안 사랑을 쏟는 일.
* 사시랑이 : 가늘고 약한 물건이나 사람
* 서리 : 떼를 지어서 주인 몰래 남의 과일, 곡식, 가축 따위를
             훔쳐 먹는 장난
* 서리병아리 : 힘없이 추레한 것을 비유적으로 이르는 말.
* 안거위사 : 편안할 때에 어려움이 닥칠 것을 미리 대비하여야 함.
* 어정칠월 : 별일이 없이 어정거리다가 지나가 버린다는 뜻으로,
             음력 7월을 이르는 말.

* 엄지장갑 : 엄지손가락만 따로 가르고 나머지 네 손가락은 함께
             끼게 되어 있는 장갑
* 오매 : 뜻밖의 일에 깜짝 놀라거나 진저리가 날 때,
       탄식할 때 내는 말. '어머니'의 방언(경상도)

126

* 오모가리-탕 : 투박한 옹기그릇에 민물고기를 넣고 끓인 탕.

* 용알뜨기 :『민속』정월의 첫 용날 첫닭이 울 때, 아낙네들이 다투어
　　　　　　　정화수를 길어 오던 풍속. 그 전날 밤에 용이 내려와 우물
　　　　　　　속에 알을 낳는데, 남보다 먼저 그 물을 길어서 밥을 해
　　　　　　　먹으면 그해 농사가 잘된다고 한다.

* 은발 : 노인의 하얗게 센 머리털을 아름답게 이르는 말.

* 잣눈 : 많이 내려 아주 높이 쌓인 눈을 의미한다.
　　　　　한자어로는 척설(尺雪).

* 종요롭다 : 없으면 안 된 만큼 요긴하다.

* 콩켸팥켸 : 시루에 떡을 찔 때 어디까지가 콩 겨이고 어디까지가
　　　　　　　팥 겨인지를 구분할 수 없다는 데서, 사물이 마구
　　　　　　　뒤섞여서 뒤죽박죽이 된 것을 이르는 말.

* 포도순절(葡萄旬節) : 옛 어른들은 편지 첫머리에 "포도순절(葡萄旬
　　　　　　　　　　　節)에 기체만강하시고" 하는 구절을 썼는데
　　　　　　　　　　　백로에서 추석까지 잘 익어 멋있는 포도를
　　　　　　　　　　　수확하는 때를 가리키는 말.

* 포도지정(葡萄之情) : 어릴 때 어머니가 포도를 한 알씩 입에 넣어
　　　　　　　　　　　껍질과 씨를 가려낸 다음 입에 넣어주던
　　　　　　　　　　　그 정을 말. 어머니의 한없는 사랑을 뜻함.

* 허허롭다 : 매우 허전한 느낌이 있다. 텅 빈 느낌이 있다.

* 호호백발 : 온통 하얗게 센 머리. 또는 그 머리를 한 늙은이

* 푼더분하다 : 여유가 있어 느긋하고 너그럽다.

* 흰소리 : 터무니없이 거들먹거리거나 허풍을 침.

문뜩 봄

박희홍 제4시집

2022년 10월 21일 초판 1쇄
2022년 10월 25일 발행
지 은 이 : 박희홍
펴 낸 이 : 김락호
디자인 편집 : 이은희
기 획 : 시사랑음악사랑
연 락 처 : 1899-1341
홈페이지 주소 : www.poemmusic.net
E-Mail : poemarts@hanmail.net

정가 : 10,000원
ISBN : 979-11-6284-403-8